MAURICE DEVILLIERS

LE
BON GENDARME

COMÉDIE EN UN ACTE

PARIS
LIBRAIRIE THÉATRALE
30, RUE DE GRAMMONT, 30

1905

PERSONNAGES

VIRGILE, brigadier.
CALPIN, gendarme.
MATHIEU, chemineau.
JEAN-CLAUDE, garçon de ferme.

LE
BON GENDARME

Un Poste de Gendarmerie.

Une porte au fond donnant sur la rue. Porte à droite au premier plan. — Porte à gauche au troisième plan. — Au premier plan un peu à gauche, un poêle en fonte, à côté une boîte à charbon. Deuxième plan à droite, une table servant de bureau. Une chaise derrière la table. Entre le poêle et la table, en oblique, un banc ; sur les murs, des affiches blanches.

SCÈNE PREMIÈRE

VIRGILE, seul, assis à la table, il compulse des papiers.

Crebleu ! n'fait pas chaud !... (Il se frotte les mains pour se réchauffer.) Ça pince ferme aujourd'hui !... (Il compulse à nouveau les papiers et prend une feuille.) Le signalement de Frétillard !... M'en fiche un peu du signalement de Frétillard... (Il pose la feuille sur la table.) pour ce que je veux en faire !... (Il prend une lettre.)

Un pli de la mairie... Vont encore m'embêter avec leur Frétillard !... Juste !... (Il lit.) Le maire de la commune de Coucou-sous-Bois requiert pour la troisième fois le brigadier Virgile... (Parlé.) Oh! la barbe !... (Il lit.) d'effectuer une battue pour purger le territoire de la dite commune de la présence du braconnier Frétillard que le garde-chasse Lagneau a rencontré hier soir dans le bois des Huchettes. Le dit Lagneau n'a eu que le temps d'allonger un coup de poing en pleine figure du bandit qui a aussitôt disparu dans un fourré... (Parlé.) Ben... qu'est-ce qu'i veulent de plus ?... M'semble què si y a quelqu'un là-dedans qui puisse se plaindre... ça serait plutôt Frétillard ! N'peuvent donc pas l'laisser tranquille... Puisque c'est son métier, à c't'homme de braconner... Pas d'sa faute... Il aimerait mieux être sénateur, ben sur !... (Il prend une autre lettre.) Gendarmerie de Coucou-la-Ville... L'adjudant qui m'annonce son arrivée... (Il se lève.) Crédié !... v'là un poêle qui n'chauffe guère !... Au fait, j'ai pas vu mes poiriers c'matin !... (Il vient vers le poêle et se chauffe les mains.) Chien de temps !... Pourvu qu'ils n'soient pas gelés !...

Il sort par la gauche.

SCÈNE II

CALPIN, MATHIEU, Ils entrent du fond.

CALPIN.

Allons, entrez, vagabond, entrez !

Il pousse Mathieu devant lui.

MATHIEU.

Pas besoin de m'démolir pour ça !

CALPIN.

Suffit !... Asseyez-vous là !

Il indique le banc à Mathieu qui s'y assied. — Calpin
vient prendre place au bureau et se met à écrire. —
Un temps assez long.

MATHIEU.

Fait bon ici !... (Il se rapproche du poêle en glissant sur
le banc.) Fait meilleur que sur la grand'route !... Pas
pour dire !... c'est bath, du feu !... quand on y est pas
habitué ! (Il prend à pleines mains le tuyau du poêle.) Y'a
pourtant des gens qui s'chauffent comme ça, tout
l'hiver !... Ah ! qu'on est bien !!

CALPIN.

Dites donc, vagabond, quand vous aurez fini vot'
monologue ! V'voyez pas qu'ça m'empêche d'rédiger
mon procès-verbal ?

Un silence. — Calpin biffe et rebiffe avec rage, cher-
chant une idée qui ne vient pas.

MATHIEU, goguenard.

Ça va pas, hein ?... Voulez-vous que j'vous aide ?

CALPIN, méprisant.

Vous ?

MATHIEU.

Dame !... à deux on s'tire toujours mieux d'affaire !... (Calpin hausse les épaules et se remet à écrire ;
puis il s'arrête de nouveau.) Quand j'vous dis qu'vous en
viendrez pas à bout !... (Il se lève et va vers la table.)
Si vous voulez m'permettre !... (Il tire doucement la
plume des mains de Calpin stupéfait.) J'vas l'écrire, moi,
vot'procès-verbal... (Il attire à lui la feuille de papier.

Il écrit sans s'asseoir.) Je soussigné... (Il 's'arrête.) Comment qu'vous vous appelez ?

CALPIN.

Ah ça !... vagabond !...

MATHIEU, placide.

Faut ben que j'mette vot'nom.

CALPIN, de mauvaise humeur.

Calpin, gendarme !

MATHIEU.

Bon !... (Il écrit.) Je soussigné, Calpin, gendarme... Qué pays qu'nous sommes ici !

CALPIN.

Coucou-sous-Bois.

MATHIEU, écrivant.

A Coucou-sous-Bois, déclare que dans le cours de ma tournée du matin j'ai surprise un individu en flagrant délit de mendicité et de vagabondage...

CALPIN.

Vous avez donc étudié, vous ?

MATHIEU, simplement.

Non... l'habitude ! (Écrivant.) Je l'ai immédiatement appréhendé et conduit à la gendarmerie pour lui faire subir l'interrogatoire d'usage par le brigadier, commandant le poste. En foi de quoi, j'ai signé... (Il tend la feuille à Calpin.) Ça va-t'i comme ça ?

CALPIN.

C'est savoureux !... J'vas recopier : vaut mieux qu'ça soye tout de mon écriture.

Il se met à copier posément. — Mathieu revient s'asseoir près du poêle. — Long silence.

MATHIEU.

Dites donc, gendarme, comment qu'elle est la prison d'ici?

CALPIN.

La prison!... Quelle prison?

MATHIEU.

La prison ous qu'on met les prisonniers, pardi !

CALPIN.

Y en a pas !

MATHIEU.

Comment, y en a pas?

CALPIN.

C'est-à-dire... y en a une... là (Il indique la porte de droite.) mais elle n'a jamais servi.

MATHIEU, ravi.

Alors c'est moi que j'vas l'étrenner?

CALPIN.

L'étrenner!... ah, mais non!... en v'là une idée, par exemple ! !

MATHIEU.

V's'avez pourtant pas l'intention d'm'envoyer au bagne, tout de suite.

CALPIN.

Au bagne!... qu'est-ce qui vous parle de ça ?

MATHIEU.

Alors, qué qu'on va me faire ?

CALPIN.

On va vous relâcher, parbleu.

MATHIEU.

Par c'temps-là!... Ah mais non, y a rien de fait !

CALPIN.

C'est comme j'ai l'honneur...

MATHIEU.

Alors pourquoi qu'vous m'avez arrêté ?

CALPIN, sévère.

J'vous ai arrêté, vagabond, pour faire mon devoir de gendarme ; le reste ça m'indiffère : j'vous arrête, l'brigadier vous relâche, ma responsabilité est à couvert.

MATHIEU.

Ben !... pas pour dire !... vous m'en bouchez un coin !... (Il se lève.) D'abord qu'est-ce qui dit que vot' brigadier va me relâcher ?

CALAIN.

De mémoire de gendarme, le brigadier Virgile n'a jamais mis personne au violon : je lui amènerais le fameux Frétillard en personne, un braconnier qui ravage le pays depuis deux ans, il ne le coffrerait pas !

MATHIEU.

A cause ?

CALPIN.

C'est contraire à sa nature.

MATHIEU, rageur.

Fallait pas qu'i s'mette gendarme, alors !

Il vient se rasseoir près du poêle.

CALPIN, sévère.

Vagabond, vous émettez des réflexions saugrenues !... Et puis, faudrait voir à vous taire !... que j'finisse mon procès-verbal !

Il se remet à copier.

MATHIEU.

C'est bon !... (Entre ses dents.) Mais j'en suis pour
ce que j'ai dit : quand on n'a pas de dispositions
pour un métier...

SCÈNE III

CALPIN, MATHIEU, VIRGILE, entrant par la gauche.

VIRGILE.

Vous v'là revenu, Calpin ?... Pas chaud, hein !...
J'viens de voir mes poiriers !... N'ont encore rien !...
(Il aperçoit Mathieu.) Qu'est-ce que c'est que celui-là ?

CALPIN.

Un vagabond que j'ai surpris en train de mendier !

VIRGILE, d'un air féroce.

Ah ! ah !... Vous a montré ses papiers ?

CALPIN.

N'en a pas !

VIRGILE, à Mathieu.

V'n'avez pas d'papiers ? Pourquoi n'avez-vous pas
d'papiers ?

MATHIEU.

Parce que j'en ai jamais eu !

VIRGILE, interloqué.

Ah!... C'est une raison !... évidemment ! c'ment
v's'appelez-vous ?

MATHIEU.

Mathieu, mon brigadier !

VIRGILE.

Qu'c'que vous faites ?

MATHIEU, les mains au poêle.

Vous voyez : je m'chauffe.

VIRGILE.

Vous d'mande pas ça !... Vot'profession ?

MATHIEU.

M'sieur le gendarme vient de vous le dire : j'suis vagabond d'mon métier... trimardeur, quoi... chemineau comme on dit dans le grand monde.

VIRGILE.

N'pouvez donc pas travailler ?

MATHIEU, amer.

Travailler ! avec ça qu'c'est facile !... Du travail, y a pus qu'les feignants qu'en trouvent !

VIRGILE, doucement à Calpin.

En somme n'faisait qu'mendier, pas aut' chose ?... (A Mathieu.) N'saviez donc pas qu' c'était défendu d'mendier sur le territoire de la commune.

MATHIEU.

Ben sûr que si que je l'savais !... au jour d'aujourd'hui, c'est défendu partout... J'peux pourtant pas vivre ed' l'air du temps !

VIRGILE.

C't'évident !... Enfin, passe pour cette fois !... Allez-vous en... et qu'on ne vous y reprenne plus !... (Mathieu ne bouge pas.) ... V's'entendez... Fichez-moi le camp !... V's'êtes libre !... Eh ben, qu's'que vous attendez ?

MATHIEU, tranquille.

J'attends qui dégèle.

VIRGILE.

Hein ?... Quoi ?... Vous dites ? (Rouge de colère.) S'que
vous auriez la prétention de vous payer la tête de la
gendarmerie?... (Très doux, subitement.) Voyons, mon
garçon, vous n'm'avez s'doute pas compris...

Calpin rit sous cape.

MATHIEU, se levant.

Enfin, c'est pas tout ça, m'mettez-vous en prison,
oui ou non ?

VIRGILE.

Combien de fois faut-y vous répéter que vous êtes
libre, que vous pouvez vous en aller.

MATHIEU.

Et si j'veux pas, moi, m'en aller ! D'puis le temps
que j'suis sur le trimard, j'connais mes droits, p't'ê-
tre ben ! Vot' gendarme m'a arrêté pour mendicité et
vagabondage, pas vrai ?... Le procès-verbal est là qui
fait foi. Là-dessus faut que j'passe en jugement, y a
pas !... Et en attendant le jugement, vous devez me
garder en prison, j'connais qu' ça !

Il se rassied.

VIRGILE, abasourdi, à Calpin.

Faut avouer qu'c'est une histoire pas ordinaire.

MATHIEU.

Qu'ça soye c'que ça voudra, c'est mon droit, j'veux
en user. Pourquoi qu' vot' gendarme ‚m'a arrêté ?
Fallait pas qu'i m'arrête !

VIRGILE.

V'voulez pourtant pas que Calpin vous fasse des
excuses.

MATHIEU.

J'y en demande pas !... Enfin, voyons, mon briga-

dier, vous qu'avez l'air d'un brave homme, compre-
nez donc : la prison par un temps pareil, c'est comme
qui dirait l'paradis du bon Dieu... Vous qu'avez
toujours dormi dans un bon pieu et mangé à vot'
suffisance, v' n'savez pas c'que c'est pour un pauvre
bougre d'sentir un toit sus sa tête et de bouffer du
pain tant qu'il en veut !

VIRGILE, ému, tortillant sa moustache.

C't'évident, c't'évident, j'dis pas le contraire !...

MATHIEU.

Allons, brigadier, un bon mouvement : fourrez-
moi au bloc !

VIRGILE.

Qu'est-ce que vous vous dites de ça, vous, Calpin ?...
La blague est pas dans une musette !... (sérieux.)
C'est vrai que par un froid pareil... on pourrait p't'ê-
tre tout de même... (A Mathieu.) V's'allez bougrement
m'embarrasser... j'ai pas l'habitude... Au fait, Calpin,
cette prison, est-ce qu'elle est en état ?...

CALPIN, gêné.

J'vas vous dire, brigadier : comme on s'en servait
jamais, j'ai cru pouvoir... Enfin, ma femme qu'est
blanchisseuse comme vous savez, y a installé sa buan-
derie... C'est là qu'elle fait sa lessive, qu'elle étend
son linge... c'est rempli de cuveaux et de baquets...
J'pouvais pas m'douter que c't'olibrius... Et pour déménager tout ça...

VIRGILE.

C't'évident !... (A Mathieu.) Vous voyez, mon garçon,
comme vous nous gênez !

CALPIN.

Sans compter qu'en ce moment, c'est une vraie
glacière.

VIRGILE.

On pourrait y installer un petit poêle !

CALPIN.

Y a pas de trou pour le tuyau.

VIRGILE.

Ah, alors !... (A Mathieu.) V'voyez, mon ami, c'est pas la bonne volonté qui nous manque ; mais, franchement, m'exposer à ce qu'on vous trouve gelé un de ces quat' matins ! Non ! !... Et en définitive j'peux pas mettre en prison un homme qui n'a rien fait !... (A Calpin.) V's'êtes bien d'mon avis, Calpin ?... (A Mathieu.) Ah !... si vous aviez volé, assassiné... je m' serais fait un plaisir ! !... (Subitement furieux.) Et puis à la fin du compte... vous commencez à m'embêter !... Qu's'qui m'a fichu un particulier pareil !... T'on jamais vu !... Calpin, v's'allez conduire c'gaillard-là jusqu'à la dernière maison du village ; en passant d'vant le boulanger vous lui ferez donner un pain de quatre livres qu'on inscrira sur mon compte !... (Exaspéré.) Et que j'n'entende plus parler de c't'individu !... Qu'il me fiche la paix... qu'il aille se faire emprisonner ailleurs.

CALPIN.

Bien, brigadier.

Il met son képi.

MATHIEU, se levant.

Ça, c'est raide tout de même !

VIRGILE, prenant Mathieu à part.

T'nez, mon garçon, v'là quarante sous... Inutile d'en parler à Calpin, ça n'le regarde pas !

CALPIN, à Mathieu.

Allons, venez, vagabond !

MATHIEU, s'en allant.

Non. vrai, j'ai eu affaire à ben des gendarmes
dans ma vie ; j'en ai jamais vu de c't'acabit !... Heu-
reusement que j'ai mon idée !...

Il sort par le fond suivi de Calpin.

SCÈNE IV

VIRGILE, seul. Il s'assied à la table.

Pauvr'bougre ! j'ai [vu l'moment où j'allais être
forcé de le coffrer ! Ah ! voyons la lettre de l'adjudant !... (Il lit.) « Le brigadier Virgile est informé que
» l'adjudant commandant le poste de gendarmerie de
» Coucou-la-Ville, se rendra après demain 6 courant
» à Coucou-sous-Bois, pour y passer l'inspection an-
» nuelle prescrite par les règlements !... » (Parlé.) Bi-
gre ! c'est pour demain !... va falloir se dégrouiller !...
(Il lit.) « L'adjudant profite de la présente pour rap-
» peler au brigadier Virgile que la faiblesse et l'in-
» dulgence ne sauraient en aucune façon s'accorder
» avec le respect que doit imposer à tous l'arme d'é-
» lite à laquelle il a l'honneur d'appartenir » (Parlé.)
Qu'est-ce qui chante !... (Lisant.) « Or l'adjudant cons-
» tate avec regret que le brigadier Virgile, depuis
» deux ans qu'il commande le poste de Coucou-sous-
» Bois, n'a pas encore trouvé le moyen de dresser
» un seul procès-verbal, ni d'opérer la moindre ar-
» restation. Cette situation est anormale au premier
» chef et il n'est pas admissible que le brigadier Vir-
» gile s'éternise dans cette inaction qui ne tendrait
» rien moins qu'à donner à la gendarmerie un carac-

» tère d'inutilité tout à fait nuisible à son prestige.
» L'adjudant l'invite donc à tenir désormais d'une
» main plus ferme le drapeau dont on lui a confié la
» garde... » (Il s'essuie le front avec son mouchoir.) C'est
comme une cathédrale qui se permettrait de me tomber sur l'occiput !... Eh ben, à la bonne heure... pour
un poil, c'est un poil !!... Si je m'attendais à ça !...
après dix-sept ans de service. Moi qui suis proposé
pour la médaille! !... J'vas la rater ! (Il frappe la table
du poing.) Mille millions de carabines ! alors, faut
donc qu' j'en fabrique des criminels ! faut donc qu'
j'invente des délits, des contraventions !... Parbleu,
y a des prisons, faut qu'on s'en serve !... c'est la consigne à c'qu'i paraît !... Par ordre supérieur, défense
aux gendarmes d'avoir un cœur comme tout le
monde !... Allez, allez, tapez sur le pauvre monde...
c'est la consigne !... (Il se lève. Il se met à marcher à
grands pas de long en large.) Ah ! vous en voulez des
malfaiteurs, des voleurs, des assassins !... vous en
aurez !... Vous faut des contraventions!... va en pleu-
voir... sur tout le monde!... Pour commencer j'vas
coffrer quelqu'un... n'importe qui... M'est égal !...
M'faut un prisonnier... jusqu'à demain... j'le lâche-
rai après...

Calpin entre par le fond.

SCÈNE V

VIRGILE, CALPIN.

VIRGILE.

Ah ! Calpin, qu's' que vous avez fait d'ce Mathieu?

2

CALPIN.

J'l'ai reconduit jusqu'aux dernières maisons et je lui ai souhaité bon voyage !

Il rit.

VIRGILE.

V's'êtes un imbécile !

CALPIN, froissé.

Brigadier !

VIRGILE.

Et Frétillard ?

CALPIN.

Frétillard ! !

VIRGILE.

Oui, Frétillard ! qu'est-ce qu'i devient ?

CALPIN.

Mais... je ne sais pas !

VIRGILE.

Naturellement !... Vous n'savez pas ! ! Vous vous êtes dit comme ça : quand on me demandera ce que devient Frétillard, je répondrai : je ne sais pas !... Voilà, ça vous suffit ! !... Et le drapeau, qu'est-ce que vous en faites alors ?

CALPIN, ahuri.

Le drapeau !... il est toujours au-dessus de la porte.

Il indique la porte du fond.

VIRGILE.

V's'êtes plus serin que nature ! j'parle pas de celui-là !... l'drapeau de la loi dont on vous a confié la garde ?

CALPIN.

A moi ?

VIRGILE.

A vous... à moi.... à nous ! quand vous me regar-
derez avec l'air d'une oïe qui vient d'avaler une ba-
guette de tambour !

CALPIN, à part.

Mais qu'est-ce qu'il a ? !

VIRGILE.

Ça va changer, entendez-vous, ah oui, ça va chan.
ger... D'abord, je vous donne jusqu'à ce soir pour
m'amener Frétillard ! (Geste de Calpin.) ... Suffit !...
Moi, j'vais chez le maire... m'entendre avec lui... Des
mesures énergiques !... radicales !... et quand je de-
vrais arrêter tout le village ! !...

Il sort furieux par le fond.

SCÈNE VI

CALPIN, puis JEAN-CLAUDE.

CALPIN.

Mais qu'est-ce qu'il a?.. Qu'est-ce qu'il a ?.. J' l'ai
jamais vu comme ça !.. Est-ce qu'i voudrait tourner
à l'ours, maintenant !.. (Hochant la tête.) Lui, que les
gens du pays ont surnommé la crème des briga-
diers ! ! (Jean-Claude entre brusquement par le fond, un panier au bras droit. Il tient son mouchoir appliqué sur l'œil
gauche. Il vient sans mot dire s'affaler sur le banc.) Qu'est-
ce qu'il y a?.. Qui êtes-vous?... qu'est-ce que vous
voulez ?.. (Jean-Claude montre sa gorge, de sa main droite.)
Quoi?.. V' s'êtes muet? (Jean-Claude fait signe que non.)
Non?.. Alors, vous pouvez parler?.. (Nouveau signe
négatif de Jean-Claude.) Non?.. Alors, v' s'êtes idiot?..

(Jean-Claude fait encore signe que non et montre de nouveau
sa gorge.) Quand vous me montrerez **vot' cou!**.. Quoi?..
V' s'avez un caillou dans l' gosier?

JEAN-CLAUDE, après des efforts désespérés.

Non, m'sieur l' gendarme!

CALPIN.

Ah!.. enfin!.. s' décide!

JEAN-CLAUDE.

C'est eune maladie que j'ai comme ça... Chaque
fois que j'ai peur... Ça m' prend là... (Il montre sa
gorge.) Ça me serre le tuyau... et pis pendant un
quart d'heure, j' peux pus dégoiser un mot!

CALPIN.

Attendez!.. j' vous remets!.. c'est vous l' garçon
de ferme à Maclou.

JEAN-CLAUDE.

Tout juste!

CALPIN.

C'est le père Bertrand, l' vétérinaire qui m'a parlé
de vot' maladie... Il appelle ça... j' me souviens
pus!.. Enfin qu'est-ce que vous venez fiche ici?

JEAN-CLAUDE.

C'est l'homme qui m'envoie!

CALPIN.

Quel homme?

JEAN-CLAUDE.

L'homme qui m'a appliqué ça!

Il découvre son œil gauche cerclé d'une large tache vio-
lacée.

CALPIN.

Mazette, vous a fait bonne mesure. Un fameux
coup de poing!.. Et qui qu' c'est ce gas-là?

JEAN-CLAUDE.

J' le connais tant seulement point.

CALPIN.

Et c'est lui qui vous envoie ?

JEAN-CLAUDE.

Oui.

CALPIN.

Pourquoi faire ?

JEAN-CLAUDE.

Pour vous dire qu'i vous attend.

CALPIN, à part.

Sûr ! I' doit avoir un coup de marteau !... (Haut.) I m'attend où ça ?

JEAN-CLAUDE.

Devant la grange à Groslard.

CALPIN.

Devant la... J' comprends rien du tout à c' t' histoire... Trop compliqué pour moi ! J' vas prévenir le brigadier... Débrouillera ça si i peut !.. Tiens ! le v'là !

SCÈNE VII

VIRGILE, CALPIN, JEAN-CLAUDE.

VIRGILE.

Le maire n'est pas chez lui... Parti ce matin avec une charrette de fumier... Bien ma veine ! !

CALPIN, s'avançant.

Brigadier !

VIRGILE.

Ah! Calpin!.. écontez-moi bien. V's allez sortir illico... et vous promener dans les rues!

CALPIN.

Oui, brigadier!

VIRGILE.

Et avant une heure, vous m'apporterez dix contraventions.

CALPIN.

Mais... brigadier!..

VIRGILE.

Pas d'observations... rompez!.. Ah!.. y en a un qu'i ne faut pas rater : Gremillon, le cordonnier, qui m'avait promis mes bottes pour ce matin et qui ne les a pas encore apportées... Ah! et puis Courtois l'épicier qui a vendu hier à ma bourgeoise des petits pois qu'ont pas voulu cuire... Ça leur apprendra à tous les deux !.. Allez!

CALPIN.

Oui, brigadier! (A part.) J' suis abruti!

Il sort par le fond.

SCÈNE VIII

VIRGILE, JEAN-CLAUDE.

VIRGILE.

J' vas mettre le pays sous le régime de la terreur... Ah! faut qu' la gendarmerie serve à quéque chose!.. Eh ben, il en aura pour son argent, l'adju-

dant!! (Il aperçoit Jean-Claude assis sur le banc.) Tiens!..
Qu'est-ce que vous faites là, vous?.. Qui êtes-vous?

JEAN-CLAUDE, se levant.

Jean-Claude, le garçon de ferme à Maclou.

VIRGILE, bourru.

Maclou!.. connais pas!

JEAN-CLAUDE.

Mais si, voyons... Maclou...

VIRGILE.

Et quand vous seriez le garçon de ferme du Grand
Turc, ça ne m'apprendrait pas ce que vous v'nez
faire ici !

JEAN-CLAUDE.

M'sieur l' brigadier, j' viens porter plainte...

VIRGILE, empressé.

Asseyez-vous donc, mon ami. (Il prend une plume et
s'assied à la table.) Là, j' vous écoute! parlez... Qu'est-ce
qu'on vous à fait?

JEAN-CLAUDE, montrant son œil

Ça !

VIRGILE.

Bravo!.. Parfait!.. Œil au beurre noir!.. C'est ex-
cellent, ça!.. Nous allons saler c' gaillard-là!.. Son
nom?

JEAN-CLAUDE.

Je n' le connais point ; v'là la chose : je r'venais
à c' matin du marché de Coucou-la-Ville quand v'là
un homme qui s' campe tout dret devant moi! J'y
dis bonjour, comme de juste, et v'là qu' i m'allonge
son poing sur l'œil que j'en ai vu quasiment 36 millions d' candelles.

VIRGILE, interessé et écrivant.

Sans vous dire un mot?

JEAN-CLAUDE.

Pardon, excuse, m'sieur l' brigadier, m'a dit :
Tiens, va porter ça à la gendarmerie et dis au brigadier que je l'attends ici.

VIRGILE, se levant.

Qu'est-ce que vous dites?

JEAN-CLAUDE.

La vérité vraie, mon brigadier.

VIRGILE.

Vous a dit qu'i m'attendait?

JEAN-CLAUDE.

Pour sûr!.. près de la grange à Groslard!.. (Virgile pose sa plume et se rassied en regardant fixement Jean-
Claude qu'il ne quitte plus de l'œil.) Même que je filais
sans demander mon reste quand i m'a rappelé pour
me prendre mon porte-monnaie ous' qu'y avait un
sou et un bouton de culotte...

VIRGILE.

Un sou et un bouton d' culotte!! vraiment!!..

JEAN-CLAUDE.

M'a rendu l' bouton d' culotte!

VIRGILE.

Vous a rendu l' bouton d' culotte (se levant.) En
vérité!!.. (Les lèvres serrées.) Dites donc, mon garçon..
regardez-moi donc un peu... Est-ce que j'ai l'air d'une
huître?

JEAN-CLAUDE, inquiet.

M'sieur l' brigadier!..

VIRGILE.

Alors, v' vous figurez que j' vas couper dans c' t' histoire d'un individu (Il débite cette phrase rapidement et sans reprendre sa respiration.) qui vous met l'œil en marmelade en vous prenant vot' porte-monnaie pour vous rendre un bouton de culotte et qui vous charge d'aller prévenir la gendarmerie qu'il attend près d' la grange à Groslard !!! V' s'avez d' l'imagination, mon garçon, vous félicite !

JEAN-CLAUDE, effaré.

M'sieur le bri... bri...

VIRGILE.

Parbleu... vois c' que c'est ! à la suite d'un pari... entre copains... on s'est dit : faut faire une blague à Virgile... c'te crème de brigadier... on ira lui raconter une histoire de brigands... (Jean-Claude fait des efforts pour parler.) L' malheur pour vous, mon garçon, c'est que vous choisissez mal vot' moment : la crème vient de tourner !.. Elle s'est changée en vinaigre, la crème... en vitriol ! !.. Et nous allons rire.., oh oui, nous allons bien rire !.. D'abord, donnez-moi vot' nom tout de suite... et ceux de vos complices... C'ment vous appelez-vous ? (Jean-Claude fait des efforts surhumains pour parler et montre son cou.) Quoi ?.. Qu'est-ce que c'est ?.. J' vous d'mande vot' nom ! (Jean-Claude continue sa mimique désespérée.) Ah ! vous voulez faire l'idiot !.. Bon !.. Très bien ! Va vous en cuire !.. (Il vient vers Jean-Claude et lui met la main sur l'épaule.) Allons, mon garçon, au bloc, et plus vite que ça... (Jean-Claude éperdu se lève sans lâcher son panier.) Laissez vot' panier !.. Au fait, qu'est qu'y a là-dedans ? (Il fouille le panier.) Un lièvre... deux perdreaux... une caille !.. Oh oh ! v'là un panier qui sent le braconnage à plein nez! (Il regarde fixement Jean-Claude qui retombe assis sur le banc.) Mais... au fait!.. c't œil au beurre noir!.. si c'était... (Il va au bureau et prend une feuille de papier. — Il lit.) Visage rond... (Il regarde Jean-Claude.) Nez moyen! (Même jeu.) Front moyen. (Même jeu.) Bouche moyenne, œil moyen. (Même jeu.) Air bête! (Même jeu.) C'est tout à fait ça!.. et l' coup de poing de Lagneau par dessus le marché... (Il revient vers Jean-Claude.) Allons, Frétillard, inutile de faire le malin plus longtemps! (Jean-Claude fait tous ses efforts pour parler et montre encore son cou.) N' te fatigue pas, puisque je te dis qu' ça n' prend pas!.. (Il lui met la main sur l'épaule.) Ah ah! mon gaillard, t'as voulu jouer avec le feu! eh bien, tu es frit!... (Jean-Claude se met à trépigner de colère toujours en montrant son cou.) Tu veux continuer à faire l'idiot!.. Bon!.. C'est ton sytème!.. J' te préviens qu'i n' vaut rien!.. Mais c'est ton affaire... Réfléchis, Frétillard!.. En attendant, au bloc!.. (Il fait lever Jean-Claude et la pousse vers la droite.) Allons, ouste!.. Quand tu seras décidé à parler tu m' feras signe!..

Il ouvre la porte de droite, y pousse Jean-Claude et referme.

SCÈNE IX

VIRGILE, puis CALPIN.

VIRGILE.

Eh ben! le v'là coffré leur fameux Frétillard... C'est égal!.. Pas malin de sa part d'être venu se

fourrer comme ça dans la gueule du loup!.. Enfin!
l'adjudant pourra pas s'plaindre!...

Calpin entre du fond.

CALPIN.

Brigadier, v'là les contraventions!.. J'ai tiré les
noms au sort dans mon képi. (Il tend une liasse de papiers à Virgile.) N'sont pas contents, v'savez!

VIRGILE.

M'en fiche!.. qu'i n'fassent pas les malins!.. j'les
boucle tous tant qu'i sont! Dites donc, Calpin...
j'ai un locataire, là.

Il indique la porte de droite.

CALPIN.

Pas possible!

VIRGILE.

Et un fameux encore!...

SCÈNE X

VIRGILE, CALPIN, MATHIEU, entrant

du fond.

MATHIEU.

Salut, la compagnie! c'est encore moi!

CALPIN.

Tiens, voilà Mathieu!

MATHIEU.

C'est comme ça qu'vous m'faites croquer le mar-
mot?... V'là pus d'trois quarts d'heure que j'vous attends!... On vous a donc pas fait ma commission?

VIRGILE.

Quelle commission ?

MATHIEU.

Ah ! zut, alors, va donc falloir recommencer ?

VIRGILE.

Recommencer quoi ?

MATHIEU.

Eh ben, voilà : t't'à l'heure vous m'avez reproché d'n'avoir ni volé ni assassiné.

VIRGILE.

Moi !

MATHIEU.

V'pensez bien qu' c'est pas tombé dans l'oreille d'un sourd !.. Pour lors, j'ai l'honneur, mon brigadier, de vous informer, que, y a une heure, j'ai rencontré sur la route un jeune crétin à qui qu' j'ai chapardé son porte-monnaie après y avoir collé un marron sus l'œil !.. J'suppose que me v'là maintenant dans les conditions requises...

VIRGILE.

Mais alors c'que racontait c't'autre, c'est donc vrai ?...

Il court à la porte de droite.

SCÈNE XI

VIRGILE, CALPIN, MATHIEU, JEAN- CLAUDE.

VIRGILE, *ouvrant la porte de droite.*

Arrivez donc un peu ici, vous ?

Jean-Claude entre.

MATHIEU.

Mais, le v'là, mon homme !

VIRGILE, à Jean-Claude.

Qu'est-ce que vous fichez là-dedans ?

JEAN-CLAUDE.

Je me l'demande !..

VIRGILE.

C'ment v's'appelez ?

JEAN-CLAUDE.

Taupier Jean-Claude.

VIRGILE.

Alors pourquoi m'avez-vous dit que vous étiez Frétillard ?

JEAN-CLAUDE.

Moi, j'ai dit ça ?

VIRGILE.

A-t-on idée d'être bête comme ça ? V'pouvez dire qu'vous en avez une couche, mon garçon !

JEAN-CLAUDE.

Mais, brigadier, v'là justement l'homme...

Il montre Mathieu.

VIRGILE.

Taisez-vous... V's'êtes un imbécile ! (Jean-Claude, abruti, se laisse tomber sur le banc. A Mathieu.) Alors, vraiment, mon garçon, vous venez vous constituer prisonnier ?

MATHIEU, soucieux.

Est-ce que vous allez encore me renvoyer ?

VIRGILE, paternel.

Non, rassurez-vous... j'vas vous coffrer... Vous n'pouvez pas vous figurer quel plaisir vous m'faites ! Vous m'tirez une fameuse épine du pied !

MATHIEU.

Ah ben, à la bonne heure !

VIRGILE.

Dites donc, Calpin, comment que nous allons nous arranger... Va falloir déménager tous les ustensiles de vot' femme.

CALPIN.

Oui, mais la question du chauffage ?

VIRGILE.

Crédié, c'est fichtre vrai !

Il réfléchit.

MATHIEU, s'approchant de Jean-Claude.

Tiens, vieux frère, v'là ton porte-monnaie !.. j'suis pas un voleur, moi, tu sais !.. (Il donne le porte-monnaie à Jean-Claude ébahi.) Et sans rancune, hein ?

VIRGILE.

Au fait, j'y pense... N'aura besoin d'être dans la prison que pendant l'inspection de l'adjudant... Ça suffira !... Calpin, v's'allez dire à ma bourgeoise qu'elle ajoute un couvert et qu'elle prépare la chambre d'ami... on y logera c'brave' garçon jusqu'à son transfert à la prison départementale.

MATHIEU.

Ah ! chouette !

VIRGILE, à Calpin.

Et donnez-moi vot' liste des contraventions. (Il tire

Calpin à part.) Vous leur direz que c'est moi qui les paie-
rai.

MATHIEU.

Pas pour dire... ça c'est un bon gendarme !!

Rideau.

Imprimerie Générale de Chatillon-s-Seine. — A. Pichat.